AF284108

Pepper Nut: Operation Corina

von

Stefanie Grötzner

Bibliografische Information der Deutschen Nationalbibliothek:

Die Deutsche Nationalbibliothek verzeichnet diese Publikation

an der Deutschen Nationalbibliografie, detaillierte bibliografische

Daten sind im Internet über dnb.d-nb.de abrufbar.

Herstellung und Verlag: BoD – Books on Demand, Norderstedt

ISBN: 9783755777533

Prolog

Ich nicke Hazel zu und sie schiebt das Weinregal, das die Eingangstür zum Geheimgang ist, ganz auf. Mit der Waffe im Anschlag sichere ich den Eingang.

Der Gang hinter dem Keller ist schwach, aber ausreichend, beleuchtet. Hazel zieht ihre Waffe und wir machen uns auf den Weg.

Es knistert im Ohr und ich weiß sofort, dass die Wände entweder zu dick oder zu gut abgeschottet sind, um unseren Funk durchzulassen. Wir sind auf uns gestellt. Hazel dreht sich zu mir um. Ihr Blick verrät mir, dass sie genauso denkt wie ich.

Wir dringen weiter in den Gang ein, ohne zu wissen was uns erwartet. Ich lausche, ob ich irgendwelche Geräusche höre. Ich habe keine Ahnung, wie viel Vorsprung Vladimir hat und wie viele Männer dabei sind.

Ich höre nichts. Keine Gespräche, keine Geräusche von Schuhen, kein Atmen. Irgendetwas stimmt hier nicht. Meine Nackenhaare stellen sich auf, wie sie es immer tun, wenn Gefahr droht. Meine Hände schließen sich fester um meine Waffe.

Ein leises kontinuierliches Knistern erregt meine Aufmerksamkeit. Ich tippe Hazel auf die Schulter und lege meinen Finger auf die Lippen, um ihr zu bedeuten, ruhig zu sein. Ich sehe in ihrem Gesicht, wie sie sich auf ihre Ohren konzentriert.

„Scheiße, renn," brülle ich ihr zu.

Kapitel 1

Das hat sie nicht verdient: Abgelegt wie Müll in einer dreckigen Seitengasse zwischen Müllcontainern und Müllsäcken.

Sie trägt noch immer das silberfarbene Kleid von gestern Abend, dass sich perfekt ihrem Körper anpasste und das Grau ihrer Augen noch betonte. Ich nehme ihr die Ohrringe ab. Jeder von ihnen sieht aus wie ein kleiner Notenschlüssel.

Nun sind ihre goldenen Locken und ihr Gesicht mit Dreck beschmiert. Von der atemberaubenden Frau, die sie war, ist kaum noch etwas zu sehen. Das Feuer, das in ihren Augen brannte, das Leben, das aus ihren Augen sprühte, nichts ist mehr da.

Ihr Auftrag war es nur, in diesen Club zu gehen und Vladimir zu beobachten. Sie sollte nur herausfinden, mit wem er spricht und mit wem er sich trifft. Auf keinen Fall sollte sie Kontakt zu ihm oder einem seiner Handlanger aufnehmen.

Wie konnte dieser Clubbesuch so enden? Sie sollte ihn nicht kontaktieren und sich im Hintergrund halten. Was hat sie getan, dass man ihr das antut. Weggeworfen wie Müll.

Sie war gerade 20 und noch Agentin in der Ausbildung, deswegen hat sie den einfachsten Job der Operation übernehmen sollen. Eine einfache Beobachtungsmission. Keinen Feindkontakt. Beobachten, Merken, Berichten. Die einfachsten Dinge, die eine Agentin in der ersten Woche verinnerlichen sollte.

Im Nahkampf war sie noch untrainiert, deswegen sollte sie nur beobachten.

Keiner hatte damit gerechnet, dass sie in Gefahr geraten könnte. Niemals hätte sie diesen Auftrag bekommen, wenn es einen Anhaltspunkt gegeben hätte, dass dieser Auftrag gefährlich werden könnte.

„Sir," reißt mich ein junger Uniformierter aus meinen Gedanken, „die Spurensicherung ist da."

Ich nicke und wende mich von diesem grauenvollen Anblick ab. Egal, wie viele tote Menschen man in seinem Leben gesehen hat, man wird sich nie daran gewöhnen, wenn Menschen gewaltvoll weit vor ihrer Zeit sterben müssen. Und das ist sie auf jeden Fall.

Meinen Hut tief in mein Gesicht ziehend verlasse ich den Ort des Geschehens und mache mich auf den Weg in mein Büro. Woods wird sicher eine Erklärung von mir verlangen und das weitere Vorgehen mit mir besprechen wollen. Was ist gestern nur schiefgelaufen?

Kapitel 2

„Pepper Nut," empfängt mich Woods so gleich, „was verdammt noch einmal ist da schiefgelaufen?"

„Das wissen wir noch nicht Sir," gebe ich ehrlich zurück. „Sie war allein im Club. So war der Plan, damit wir keine Aufmerksamkeit erregen. Ich wollte gerade die Ohrringe zu Gardener bringen."

„Worauf warten Sie dann noch?"

Ich nicke und mache mich auf den Weg in die Katakomben, wo sich die Labore befinden. Mein Weg führt an vielen Fenstern vorbei, wo neue technische Spielereien ausprobiert werden.

Immer wieder bin ich überrascht, was sich die kleinen Laborratten einfallen lassen. Ich wäre nie auf die Idee gekommen, in so kleinen winzigen Ohrringen Videokameras einzubauen und zu installieren.

Klar habe ich schon von Knopfkameras gehört, aber diese hier sind filigran gearbeitet und sehen aus wie von einem Juwelier. Kleine runde Ohrringe oder eine schicke Kette hätte ich mir vorstellen können, aber diese hier sind wirklich unglaublich.

Die Testbilder waren gestochen scharf. Ich bin gespannt, wie die Bilder aus einem dunkeln Club wohl aussehen werden. Immerhin haben die Ohrringe keine Möglichkeit, den Raum zu erhellen. Was auch ihre wahre Funktion verraten würde.

Vielleicht sollte ich einmal zuhören, wenn Gardener die Technik hinter den Geräten erklärt. Andererseits teste ich lieber einfach alles, was er mir zur Verfügung stellt.

„Pepper Nut," empfängt er mich wie immer mit einem herablassenden Ton.

„Gardener, alter Freund. Wie geht es Ihnen in Ihrem Kellerloch?"

„Pepper Nut, wenn heute nicht so ein trauriger Tag wäre, würde ich sie hinauswerfen."

Auch, wenn wir täglich mit dem Tod konfrontiert werden, ist es nie leicht, einen Agenten zu verlieren. Aber eine Agentin in Ausbildung sollte es nie treffen. Sie bekommen nur leichte Aufgaben, die nicht gefährlich sind.

Das Bild von ihr in dieser Gasse steigt erneut vor meinem inneren Auge auf. Ich schüttle den Kopf, um es zu vertreiben. Wenn wir den Täter gefasst haben, wird es mir leichter fallen, das Bild zu vergessen oder zumindest, es zu ertragen.

„Hier," sage ich zu Gardner und reiche ihm die Ohrringe.

„Hat sie sie getragen?"

„Ja, das denke ich. Ich habe sie von ihrer Leiche abgenommen."

„Gut, ich werde sehen, was wir haben und lasse es sie dann wissen."

Ich nicke und gehe. Es ist unbefriedigend, nichts zu wissen, aber ich kann die Zeit nicht beeinflussen.

Kapitel 3

Keine der Überwachungskameras des Clubs hat etwas Brauchbares aufgezeichnet. Ich kann nur sehen, dass sie den Club betritt, mehr nicht. Die Kamera am Hinterhausgang zeigt nur Angestellte, die eine Zigarette rauchen gegangen sind und morgens um 7, wie der Müll herausgebracht wurde. Entweder gibt es einen weiteren Ausgang oder die Aufnahmen wurden manipuliert.

Auch wenn ich das Erste vermute, habe ich die Bänder in die technische Analyse gegeben. Sicher ist sicher.

Ein kleines Fenster öffnet sich auf meinem Bildschirm.

„Pepper Nut, Videos der Ohrringe, Gardener."

Ich muss über Gardener schmunzeln. Kurz, präzise, ohne unnötige Informationen. Ob er privat auch solche Nachrichten schreibt? Ich schiebe den Gedanken beiseite. Die Videos sind wichtiger.

Wieso sind es mehrere Videos? Ich nahm an, dass die Aufnahme gestartet wird, sobald die Ohrringe angelegt werden und endet, wenn man sie abnimmt.

Achselzuckend mache ich mich auf den Weg in den Videokonferenzraum. Woods und Gardener warten bereits auf mich. Sobald ich die Tür hinter mir geschlossen habe, startet einer der Computerlemminge das erste Video.

Es zeigt, wie sie in den Club geht. Trotz der schlechten Beleuchtung im Club sind die anderen Personen relativ gut zu erkennen. Vladimir erkenne ich sofort, als er an der Bar auftaucht. Natürlich ist genau da das erste Video zu Ende, doch der Lemming startet gleich das nächste Video.

Ich sehe, wie Vladimir an der Bar steht und mit anderen Männern redet. Ein paar Gesichter habe ich bereits in unserer Datenbank gesehen und weiß, dass sie alle illegalen Aktivitäten nachgehen.

„Starten Sie einen Abgleich der Gesichter mit unserer Datenbank," knurrt Woods einem der Lemminge zu. Eifrig macht sich dieser an die Arbeit, während ich weiter Vladimir zusehe.

Im Hintergrund höre ich das Piepen des Programmes, wenn es einen neuen Dreckskerl auswindig gemacht hat.

Auf dem Bild kann ich erkennen, dass sie dichter an Vladimir herangeht. Sie sollte keinen Kontakt aufnehmen. Sie sollte beobachten und nichts unternehmen. Diese Aufnahmen hätten uns für weitere Ermittlungen bereits gereicht.

„Was zur Hölle macht Sie?" fragt Woods. Es handelt sich aber mehr um eine rhetorische Frage. Wir alle wissen, was sie tut und dass das nicht ihr Auftrag war. „Sie sollte nur beobachten und Abstand halten," knurrt er erneut.

Ich höre heraus, dass er versucht, seine Trauer zu überspielen. Auch wenn Woods immer den knallharten Chef raushängen lässt, ist er doch derjenige, der uns in den Einsatz schickt. Auch, wenn sie mehr getan hat, als ihr Auftrag war, hat er sie in diese Gefahr geschickt. Anhand ihres psychologischen Profils hätte er wissen müssen, dass sie mehr als nur ihren Auftrag erledigen wird.

Sie bestellt etwas an der Bar. Warum haben diese kleinen Dinger keinen Ton? Ich meine, wenn sie die Kameras schon so klein hinbekommen, dann könnten sie doch auch den Ton aufnehmen und abspielen, oder?

„Haben wir Ton?" fragt Woods einen der Lemminge.

„Nein, Sir, durch die technischen Anlagen im Club wurde das Audiosignal gestört."

Grimmig nickt Woods. Die kleinen Dinger hätten tatsächlich Ton.

„Vielleicht, wenn sie den Club verlassen," sagt der Lemming.

„Warten wir ab," gibt Woods in seiner bekannt knurrigen Art zurück.

Sie nimmt ihr Getränk entgegen und dreht sich zur Tanzfläche um. Ihr Ohrring filmt Vladimir weiter. Cleveres Mädchen. Sie wirkt, als würde sie die Tanzenden beobachten und sich an ihrem Getränk festhalten. Was ist da nur passiert, dass sie am Ende in einer Gasse wie Müll abgeladen wird?

„Scheiße," höre ich einen der Lemminge ausrufen.

Wir drehen uns alle zu ihm um.

„Das Programm hat die Personen um Vladimir alle erkannt."

„Das ist ein Schritt in die richtige Richtung," sage ich.

„Ja, aber es sind zwei Agenten des FSB dabei und einer von der CIA."

„CIA?" frage ich überrascht.

Der Lemming nickt nur und macht ein wirklich finsteres Gesicht.

„Fragen Sie in Langley nach, ob das eine offizielle Mission ist oder er abtrünnig geworden ist," weist Woods den Lemming an. Der beginnt sofort zu tippen.

Wir folgen weiter den Videoaufnahmen. Es ist wirklich ärgerlich, dass wir keinen Ton haben. Das Tippen der Lippenleser beruhigt mich etwas. So bekomme ich wenigstens einen Ausdruck dessen, worüber sie reden. Auch wenn es besser wäre, sie zu hören, um an ihren Stimmen zu erkennen, wie die einzelnen Worte gemeint sind.

„Wer ist sie?" frage ich und zeige auf der großen Leinwand auf eine unscheinbare junge Frau, die sich immer in der Nähe von Vladimir aufhält. Egal, wohin er sich bewegt, selbst in der Gruppe der Männer, sie folgt ihm. Es soll aber alles zufällig aussehen.

„Wir haben sie noch nicht im System," gibt einer der Lemminge zurück.

„Wie bitte?" entfährt es mir.

„Sie ist in keiner Datenbank gespeichert."

„Aber sie muss doch einen Namen haben und einen Pass."

„Mit ihrem Gesicht finden wir sie in keiner Datenbank," gibt er schlicht zurück.

Wie kann das sein? Wie kann ein Mensch nirgends zu finden sein?

„Langley meldet keinen Einsatz bei uns,“ gibt ein anderer Lemming Meldung.

„Was ist hier verdammt noch mal los?“ brüllt Woods. Dabei hat keiner der hier Anwesenden eine Ahnung.

„Finden sie die Frau,“ weise ich die Lemminge an. „Überwachungskameras haben wir doch genug. Irgendwo muss sie ja nach dem Club hingegangen sein.“

Wir können beobachten, wie sich die Männer nach und nach verabschieden. Noch immer steht unsere Agentin an der Bar und inspiziert die Tanzfläche. Was mich etwas wundert, dass noch kein Mann sie angemacht hat. Ich meine, ich habe sie gesehen und selbst ich hätte sie angesprochen. Dabei spreche ich nie Frauen in Clubs an.

„Was tut sie jetzt?“ fragt Woods.

„Ich glaube, sie geht tanzen,“ sage ich.

Clevere Idee. Wenn sie noch länger an der Bar steht, könnte Sie negativ auffallen. Eine attraktive, junge Frau, die den ganzen Abend nur an der Bar steht, würde sicher Argwohn hervorrufen.

„Sehen wir gerade wirklich, wie Vladimir sich an sie heranmacht?"

„Ja, Sir, dass sehen wir," gebe ich zurück.

Ich würde es selbst nicht glauben, wenn ich es nicht sehen würde. Sie hat nichts getan, was hätte seine Aufmerksamkeit erregen sollen und dann tanzt er sie einfach auf der Tanzfläche an. Zumindest sieht es so aus.

„Wir hätten ihr Verstärkung mitschicken müssen," sage ich. Nicht nur, weil es sicherer gewesen wäre, wir hätten auch ein Bild außerhalb der Ohrbereiche von ihr.

Wir sehen, wie sie sich von ihm entfernt. Wieso haben wir nur keinen verdammten

Ton. Ich werde Woods davon abhalten, noch einmal eine Agentin in Ausbildung alleine so eine Operation durchzuführen.

Sie geht zur Toilette. Wir sehen sie im Spiegel, während sie sich etwas Wasser in ihr Gesicht spritzt. Sie trinkt einen Schluck aus dem Wasserhahn. Ich möchte schreien, dass sie aufpassen soll, denn sie sieht die Frau nicht, die mit einer Spritze hinter ihr auftaucht. Es ist die unbekannte Frau, die immer um Vladimir herumgeschlichen ist.

Schnell setzt sie die Spritze an den Hals unserer Agentin und spritzt ihr den Inhalt in den Hals. Der Angriff ist so überraschend, dass selbst ein erfahrener Agent Schwierigkeiten gehabt hätte, ihn abzuwehren.

Unsere Agentin sackt zusammen und wir sehen die Wand des Waschraums. Die Kameras zeigen keine Bewegungen mehr. Ja, ich wollte wissen, was mit ihr geschehen ist, aber ich wollte nicht sehen, wie sie stirbt.

Dunkle Beine tauchen auf und gehen vorbei. Wir sehen, wie die Wand des Waschraums vorbeizieht, die Wand des Clubs und schließlich die Wände der Gasse, in der sie gefunden wurde.

„Den Rest der Bänder sichten Sie bitte und erstellen einen Bericht," gibt Woods an die Lemminge weiter. „Pepper Nut," sagt er zu mir, „Sie gehen ins Hotel und morgen früh besprechen wir die weiteren Pläne."

Normalerweise bin ich voller Tatendrang und auch jetzt würde ich am Liebsten losgehen und diese Frau finden, aber mich bedrückt auch der mitangesehene sinnlose Tod dieser jungen Frau und Anhaltspunkte haben wir auch nicht. Daher nicke ich und mache mich auf den Weg in mein Hotel.

Kapitel 4

Wann habe ich zum letzten Mal in meiner Wohnung geschlafen, überlege ich, während ich an der Bar noch einen Rum ordere.

„Schwerer Tag," fragt mich eine Frau von der Seite.

Ich drehe mich auf dem Stuhl herum und neben mir steht eine junge bildhübsche Frau.

„Ja," gebe ich ehrlich zurück.

„Darf ich mich trotzdem setzen?" fragt sie und ich höre einen französischen Akzent heraus.

„Gerne," sage ich und deute auf den Barhocker neben mir.

Sie wirft ihre blonden Locken zurück und ich sehe, wie schmal ihr Hals ist, der von einer dezenten Halskette geschmückt wird. Am Ende ist ein blauer Stein eingearbeitet, der genau den Blauton ihrer Augen spiegelt.

„Beruflich oder privat?" frage ich sie, um Smalltalk zu machen.

„Wie meinen Sie?" fragt sie zurück.

„Was sie in London machen," erkläre ich. „Machen Sie hier Urlaub oder arbeiten Sie?"

„Achso," kichert sie und es klingt so jugendlich und unverbraucht, sodass ich mich etwas entspanne. Es ist herrlich mal mit jemandem zu reden, der nicht aus der Spionagebranche kommt. Jemand der einfach einen anderen Blick auf die Welt hat. Nicht so einen negativen und immer mit dem Tod rechnenden Blick.

„Ich mache Urlaub."

„Das klingt gut," gebe ich zurück.

„Sie sind beruflich hier?" fragt sie.

„Ja," gebe ich zurück. Okay, das ist nicht ganz die Wahrheit. Aber im Hotel bin ich, weil ich arbeite. In London bin ich, weil ich hier lebe. Aber warum sollte ich das dieser jungen Frau sagen?

„Ich bin Joy," sagt sie.

„Ich bin Pepper."

„Pepper?"

„Ja, Pepper wie Salt."

Sie kichert und es klingt traumhaft.

„Gut Pepper, wie wäre es, wenn wir in ihr Zimmer gehen?"

Ich verschlucke mich an meinem Rum. Mit vielem habe ich gerechnet, aber damit nicht. Ihre Augen fixieren mich. Es liegt keine Belustigung darin, sondern reine Neugier.

„Sehr gern," gebe ich zurück.

Es scheint irgendwie unwirklich zu sein. Wie oft kommt es vor, dass eine wunderschöne Frau einen Mann an einer Bar anspricht und zu ihm auf sein Zimmer möchte. Obwohl es sehr unrealistisch erscheint, läutet keiner meiner Spionalarme.

Ist es eine Falle? Immerhin war die Mörderin von Daisy auch eine attraktive Frau. Bei ihr habe ich aber sogar über das Video eine gewisse Aura wahrgenommen, die darauf hindeutete, dass mit ihr etwas nicht stimmt.

Joy scheint eine junge Frau im Urlaub zu sein, die sich mal etwas Spaß gönnen möchte. Warum auch nicht. Wie viele Menschen suchen das Abenteuer im Urlaub? Und wer phantasiert nicht von einer Nacht mit einem fremden Mann, den man nie wieder sehen wird.

Vor meiner Zimmertür frage ich noch einmal, ob sie sicher ist, dass sie das tun möchte. Ich habe das Gefühl, dass es das erste Mal ist, dass sie so etwas tut. Statt einer Antwort, nimmt sie mir meine Schlüsselkarte aus der Hand und öffnet die Tür.

Mit schnellen Blicken erkunde ich mein Zimmer. Es ist niemand da und es sieht auch so aus, als wäre keiner hier gewesen.

Zielstrebig geht Joy auf mein Bett zu und zieht den Reißverschluss ihres Kleides auf. Am Bett angekommen, lässt sie es fallen. Die blaue Reizwäsche, die sie trägt, unterstreichen noch einmal die Farbe ihrer Augen.

Ich folge ihr, ziehe mein Jackett aus und werfe es über die Stuhllehne des Arbeitsplatzes. Meine Krawatte landet auf dem Fußboden. Joy liegt auf meinem Bett. Ihre blonden Locken umrahmen ihr Gesicht und sie sieht aus wie ein kleiner Engel.

So schnell ich kann, entledige ich mich meiner Hose und krabble zu ihr auf mein Bett. Sofort beginnt sie, die Knöpfe meines Hemdes zu öffnen. Ich lege eine Spur Küsse auf ihren Hals und streichle sie am ganzen Körper. Ihre Haut ist zart und weich. Sie durftet nach Lilien.

Wir lieben uns zärtlich, als würden wir uns schon ewig kennen. Dennoch erkunde ich jeden Zentimeter ihres Körpers. Joy ist eine außergewöhnliche Frau.

Kapitel 5

„Ich muss gehen,“ sagt Joy unvermittelt, während wir noch aneinander gekuschelt im Bett liegen.

„Bleib,“ sage ich. Wenn sie bliebe, könnten wir uns noch einmal lieben.

„Nein, ich muss gehen.“

„Sehen wir uns wieder?“

„Bestimmt,“ sagt sie.

Sie greift zu ihrem Armreif, streift ihn ab und reicht ihn mir.

„Heb´ ihn für mich auf. Ich hole ihn mir wieder ab.“

Sie gibt mir einen Kuss und verlässt mich.

Es ist 3 Uhr morgens und mir ist nicht nach schlafen zumute, daher gehe ich duschen und erneut an die Hotelbar. Ich bestelle mir einen neuen Rum. Danach werde ich gut schlafen können.

„Schwerer Tag?" fragt mich eine Frau von der Seite.

Ich zucke bei den Worten zusammen, da es exakt die Worte sind, die Joy benutzt hat, es ist aber definitiv nicht die Stimme von Joy. Die Stimme lässt es mir eiskalt den Rücken herunterlaufen. Sofort stellen sich meine Nackenhaare auf und ich weiß, diese Frau bedeutet Tod.

Ich drehe mich auf dem Stuhl herum und sehe SIE. Die Frau, die unsere Agentin Daisy getötet hat. Die Frau, die in keiner unserer Datenbanken aufzufinden ist.

„Eigentlich wie immer," gebe ich zurück und versuche es gelassen und beiläufig klingen zu lassen. Nichts soll ihr verraten, dass ich weiß, dass sie die Mörderin von Daisy ist.

Was zur Hölle wird das hier? Frage ich mich. Weiß Sie, wer ich bin? Wenn nicht noch so viele Menschen in der Bar wären, würde ich sie gleich hier erschießen. Ich gehe davon aus, dass sie irgendeine Form von Kampfausbildung hat. Ich kann sie also auch nicht einfach überwältigen und festsetzen, ohne, dass Gäste gefährdet werden könnten. Außerdem wissen wir noch immer nicht, was die anderen Agenten im Club zu suchen hatten und wie genau der Plan von Vladimir aussieht. Ich würde die ganze Mission gefährden. Auch wenn jede Faser meines Körpers nach Vergeltung für Daisy schreit, reiße ich mich zusammen und setze das Gespräch so ungezwungen fort, wie es mir möglich ist.

„Wissen Sie,“ beginnt sie, während sie sich ungefragt auf den Barhocker setzt, wo noch vor kurzer Zeit Joy gesessen hat, „es ist wirklich bedauerlich.“

„Was ist bedauerlich?" frage ich.

„Der Tod einer hübschen, jungen Frau ist immer bedauerlich."

„Da stimme ich Ihnen zu," gebe ich etwas säuerlich zurück.

Immerhin hat sie Daisy umgebracht. Was also will sie hier?

„Und zu wissen, dass man schuld daran ist, muss schlimm sein," fährt sie unbeirrt fort.

„Schuld?" frage ich überrascht.

Ich habe Daisy nicht in den Club geschickt. Das war Woods. Ich hätte sie dort nicht alleine hineingeschickt. Auch wenn ich selbst oft Risiken eingehe, das tue ich nur, wenn ich nur mich gefährde und nicht Andere. Wissentlich würde ich nie jemanden in Gefahr bringen, der es nicht verdient hat.

„Ja, dabei sollte jeder ein bisschen Freude in seinem Leben haben, auch wenn es nur für wenige Momente ist."

„Freude?" frage ich überrascht.

Spielt sie damit auf Joy an? Ich sehe mich um, kann aber nichts erkennen, was mir irgendwelche Hinweise gibt.

„Aber auch um, wie hieß sie noch? Ach ja, auch um Daisy ist es schade. Sie war wirklich sehr attraktiv. Aus ihr hätte etwas Besonderes werden können."

Ich balle die Hände zu Fäusten und versuche, meine Atmung unter Kontrolle zu bringen. Ich kann hier keinen Aufruhr starten.

„Was haben sie mit Joy gemacht?" stoße ich zwischen zusammengekniffenen Zähnen hervor.

„Sie meinen mit Mrs. Tschenkov?"

Tschenkov? Die Frau von Vladimir Tschenkov? Kann das sein? Kann diese schöne, unschuldige Frau mit einem Mann wie Vladimir Tschenkov verheiratet sein? Die Frau fixiert mich mit ihren Augen und scheint darin zu lesen. Kann sie meinem Gesicht ablesen, dass mich diese neue Information überrascht? Ihren Nachnamen hat sie mir nicht verraten. Gut, ich habe auch nicht danach gefragt, aber er schien mir auch in dieser Situation nicht wichtig. War es also kein Zufall, dass wir uns hier in dieser Bar getroffen haben?

„Sie wartet auf Sie in ihrem Zimmer," sagt sie schlicht und verschwindet.

Ich springe auf und will ihr nach, doch meine Sorgen um Joy ist größer. Mit großen Schritten bin ich aus der Bar und die Treppen nach oben zu meinem Zimmer.

Joy liegt auf meinem Bett, ihre Locken umrahmen erneut ihren Kopf. Der Unterschied ist, dass sie bleich ist und ihre Augen geschlossen sind. Jegliches

Leben ist aus ihrem Körper gewichen. Ich nehme das Telefon und rufe Woods an.

Kapitel 6

„Wie konnten Sie mit der Frau von Vladimir Tschenkov schlafen?" fragt Woods scharf, während alle möglichen Agenten versuchen, Spuren von Joy zu nehmen.

„Ich wusste es doch nicht," gebe ich zurück. Wenn ich es gewusst hätte, hätte ich sie retten können, frage ich mich selbst.

Zum ersten Mal in meinem Leben wird jemand für etwas bestraft, was ich getan habe, obwohl ich gar nicht wusste, was ich tue. Hätte ich anders gehandelt, wenn ich es gewusst hätte? Immerhin hat sie sich mir an den Hals geworfen. Sex hätte ich also bestimmt trotzdem mit ihr gehabt. Aber ich hätte sie danach nicht zurück gehen gelassen. Nicht zu einem Mann wie Vladimir Tschenkov.

Es hebt meine Stimmung nicht sonderlich, dass ich Recht hatte, dass Joy nur eine Frau war, die ein Abenteuer wollte und keine Agentin. Aber mir sind auch keine anderen Agenten aufgefallen.

„Der Stein ist ein Mikrophon," höre ich einen der Agenten sagen.

Damit ist immerhin schon mal geklärt, woher die Frau die genauen Worte kannte, die Joy zu mir gesagt hat. Und woher Vladimir wusste, dass Joy Sex mit mir hatte. Es war vorhersehbar, dass er sie umbringen würde, wenn er herausfindet, dass sie im untreu ist.

Hat Joy das gewusst? Wusste sie, was er für ein Mann ist? Es bringt nichts, mir darüber Gedanken zu machen.

„Haben wir schon etwas über die unbekannte Frau?"

„Nein, noch immer nichts."

„Wissen wir mittlerweile, was Vladimir in London vorhat?"

„Auch das nicht."

„Verdammt," fluche ich und ramme meine Faust in die Wand. „Zwei Frauen sind tot und wir sind noch keinen Schritt weiter."

„Wir wissen jetzt gesichert, dass er hier ist und dass er eine gut ausgebildete Frau bei sich hat. Wir müssen herausfinden, wer sie ist. Dann sind wir einen Schritt weiter."

„Und wie sollen wir das anstellen?" frage ich gereizt.

„Sie gehen jetzt endlich schlafen und wir schleusen einen Agenten als Zimmermädchen ein. Sie werden die Fingerabdrücke aus den umliegenden Zimmern von Vladimir nehmen. Vielleicht finden wir damit etwas."

Ich verstehe das als Entlassung und mache mich auf den Weg zu meinem neuen Zimmer, dass nur zwei Zimmer weiter liegt als dieser Tatort, der wenige Minuten zuvor noch ein Ort der Leidenschaft und des Verlangens war.

Zwei tote Mädchen in nicht einmal 24 Stunden. Beide jung und wunderschön, lebenslustig und fröhlich, unschuldig und am Anfang ihres Lebens. Zwei völlig sinnlose Tote, verübt von einer Frau, die es zu genießen scheint, andere zu quälen. Vielleicht werde ich zu alt für diesen Beruf.

Ich sitze auf meinem Bett und drehe den Armreif zwischen meinen Fingern. Joy, warum hast du das getan? Wenn du nicht zu mir gekommen wärst, wärst du jetzt noch am Leben. Hast du es gewusst? Wolltest du es sogar?

Der Armreif ist zierlich, wie Joy. Es gibt eine Innenschrift: *„Für Joy, die Freude meines Lebens.“*

Es gibt keinen Anhaltspunkt, wer ihr diesen Armreif geschenkt hat. Wenn es Vladimir gewesen wäre, hätte sie ihn mir nicht gegeben, oder?

Er verfügt über ein kleines Scharnier, dennoch konnte Joy ihn so über ihr schmales Handgelenk ziehen. Vor meinem inneren Auge flackert kurz das Bild auf, wie ich ihre zarten Handgelenke geküsst habe. Wäre sie doch nur bei mir geblieben.

Ich öffne das Scharnier. Es ist kein Verschluss, also schon, aber es ist auch gleichzeitig ein USB-Stick. Wusste Joy das? Schnell starte ich meinen Laptop. Nervös trommle ich mit den Fingern auf dem Tisch herum. Warum dauert das Hochfahren nur so lange.

Nachdem ich meine Zugangsdaten eingegeben habe und in den abgesicherten Modus gestellt habe, atme ich einmal tief durch und stecke den USB-Stick in den USB-Port. Wenn ein Virus drauf ist, dürfte nichts passieren im abgesicherten Modus. Andererseits, was ist schon sicher?

Es öffnet sich ein Kalender, ein Video und ein Word-Dokument. Ich öffne zuerst das Word-Dokument:

Sehr geehrter Herr Pepper Nut,

ich habe Vladimir und Irina über Sie reden hören.

Irina? Ist das die Frau an seiner Seite?

Sie sollen der Mann sein, der Vladimir aufhalten kann. Ich hoffe, dass die Beiden recht haben. Ich habe einen Sohn in Frankreich. Er lebt bei meinen Eltern. Nach dem Tod meines ersten Mannes habe ich Vladimir kennengelernt. Er war so nett und charmant, dass ich mich in ihn verliebt habe.

Als er angefangen hat, mich zu schlagen, habe ich Pierre zu meinen Eltern gebracht, damit er in Sicherheit ist. Aber mit den neuen Plänen von Vladimir ist er doch wieder in Gefahr. Ich weiß nicht, wie genau seine Pläne sind, ich weiß nur, dass sie den Tod vieler unschuldiger Menschen verursachen werden.

Bitte halten Sie ihn auf.

Sie wusste also, wer ich war, als sie mich angesprochen hat. Sie wusste, sie würde sterben. Warum hat sie das getan? Warum hat sie es mir nicht einfach gesagt? Das Mikrophon in ihrer Kette! Sie wusste, er würde alles hören und dennoch: Wie schlimm muss etwas sein, um sich selbst umzubringen bzw. umbringen zu lassen. Die Liebe einer Mutter muss grenzenlos sein.

Ich öffne das Video. Es zeigt, wie Vladimir Joy mit einem Gürtel schlägt. Schnell schalte ich es wieder aus. Das kann ich mir nicht ansehen. Ich habe viel gesehen und viel erlebt, aber so etwas kann ich gerade nicht ertragen.

Der Kalender scheint der von Vladimir zu sein. Er zeigt mir, wo er sein wird. Bei den Treffen sind zwar Tag und Uhrzeit angegeben, aber die Personen, mit denen er sich trifft, sind immer nur mit den Initialen aufgeführt. Ärgerlich, aber es wird mir weiterhelfen.

Vladimir ist heute Abend in der Botschaft zu einem Empfang. Ich schicke Gardener eine E-Mail, dass ich einen Ausweis und eine Eintrittskarte für die Gala benötige.

Dann schicke ich die Daten vom USB-Stick an die Techniker, damit diese sie weiter auswerten können. Es tut mir leid, das Video weiterleiten zu müssen, aber wer weiß, ob etwas davon wichtig für unsere Ermittlungen ist.

Dann gehe ich endlich in mein Bett und versuche, Schlaf zu finden.

Kapitel 7

Wie erwartet, erhalte ich am nächsten Vormittag einen Ausweis und eine Karte für die Gala am Abend. Ich bestelle meinen Smoking und schaue mir noch einmal den Kalander an.

Die Lemminge aus der Technikabteilung haben mir mögliche Personen aus der Datenbank herausgesucht, deren Initialen zu den Einträgen im Kalender passen und die unseren Unterlagen zufolge bereits Kontakte zu Vladimir pflegen. Wirklich helfen tut es mir nicht.

Eine weitere E-Mail zeigt mir die Daten der zwei FSB-Agenten und des CIA-Agenten. Das hilft mir schon weiter.

Viktor Rommanov. Irgendwo habe ich den Namen schon einmal gehört. War wohl bisher ein eher unbedeutender Agent. Was könnte so einer mit Vladimir zu tun haben? Ich werde es herausfinden.

Viktor isst immer in der Sky Garden Darwin Brasserie Frühstück. Gleichgültig, ob ihn der Ausblick oder das reichhaltige Büfett lockt, ist mir egal. Ich werde ihn abfangen, wenn er das Restaurant verlässt.

Ein Blick auf die Uhr verrät mir, dass ich mich beeilen muss.

Ich warte in der Seitengasse zur Brasserie. Nach unseren Aufzeichnungen verlässt Viktor die Brasserie gerne unbeobachtet. Wenn er aber immer vorne hineingeht, muss jeder erkennen, dass er den Seiteneingang als Ausgang benutzt. Er muss das Lokal ja auch verlassen. Das zeigt, dass Viktor wirklich kein guter Agent ist.

Mein Wagen versperrt den Ausgang zur Gasse, so dass Viktor nicht davonlaufen wird. Seine Masse wird ihn davon abhalten, sich am Fahrzeug vorbei zu drängen. Vermutlich würde er dabei steckenbleiben. Ich muss bei der Vorstellung schmunzeln. Auch so könnte ich ihn verhören, aber ich habe etwas anderes mit ihm vor.

Wie auf das Stichwort meiner Gedanken, verlässt Viktor das Lokal. Wie kann man als Agent nur so berechenbar sein?

„Viktor," grüße ich ihn.

An dem kurz aufblitzenden panischen Gesichtsausdruckt erkenne ich, dass er weiß, wer ich bin.

„Was wollen Sie?" fragt er.

Seine Stimme klingt panisch und er scheint einen Ausweg zu suchen.

„Wissen, was Vladimir vorhat."

„Vladimir?" versucht Viktor so zu tun, als wüsste er nicht, von wem ich rede.

„Vladimir Tschenkov," gebe ich ruhig zurück. „Wir können das auf die harte oder auf die leichte Tour machen."

„Ich kenne keinen Vladimir Tschenkov," versucht er es erneut.

„Viktor, Viktor, das Lügen müssen Sie definitiv noch üben."

Ich gehe einen Schritt auf ihn zu. Wie erwartet, tritt er einen Schritt zurück. Trotz seiner Körpermasse ist er ein Feigling. Ich gehe einen weiteren Schritt auf ihn zu. Bei seinem Schritt zurück, stößt er gegen mein Auto.

Langsam ziehe ich meine Waffe aus meinem Pistolenhalfter.

„Rein mit Ihnen," sage ich.

Wozu soll ich mich körperlich anstrengen, wenn es auch so geht. Ich sehe die Angst, die in seinen Augen steht. Kann jeder beim FSB Agent werden? Viktor tut, wie ihm geheißen und steigt ein. Ich bin froh, dass ich mich für einen Volvo entschieden habe. Bei der Masse, die Viktor mit sich herumträgt, wäre ein anders Auto vielleicht zu klein gewesen.

Ich hole einen Bohrer von der Rücksitzbank und bohre ein Loch in die Kofferraumklappe hinein. Dann führe ich einen Schlauch hindurch und dichte die Sache mit Klebeband ab.

„Ich frage noch einmal, Viktor: Was hat Vladimir vor?"

„Ich kenne ihn nicht," versucht er es weiter.

Ich schließe an den Schlauch ein Gerät an, dass Tränengas in den Kofferraum leitet. Auch wenn er nicht ganz abgedichtet ist, reicht der Druck, um das Innere des Kofferraums zu füllen. Ich höre das Husten und Jammern von Viktor.

„Ich kann sofort aufhören, wenn sie meine Frage beantworten," sage ich.

„Okay," quiekt es aus dem Kofferraum.

Ich schalte das Gerät aus, ziehe meine Waffe und öffne den Kofferraum vorsichtig, um nicht selber von dem Gast beeinträchtigt zu werden.

Viktor hustet und röchelt.

„Nun?" frage ich erneut

„Er hat einen neuen Virus entwickelt, den er an den Meistbietenden verkaufen will."

„Was für ein Virus?"

„Ein Virus, der sich erst anfühlt wie eine Grippe, aber dann tödlich endet."

„Und was haben Sie mit ihm zu tun?"

„Ich sollte die Verhandlungen für die russische Regierung führen. Wer den Virus kauft, erhält auch das Gegenmittel."

„Okay," sage ich und schließe wieder den Kofferraumdeckel.

„Hey, ich habe ihnen alles gesagt, was sie wissen wollten."

„Ja, deswegen bleibt das Tränengas aus," sage ich.

„Du sieht scheiße aus," höre ich eine vertraute Stimme hinter mir.

Es gibt keinen Menschen, der sich unbemerkt an mich heranschleißen kann, außer Hazel Nut.

„Danke, Hazel. Du siehst von Tag zu Tag hübscher aus."

„Du Charmeur," lacht sie und kommt zu mir.

Wie immer schlingt sie ihre Arme um mich und küsst mich. Hazel ist meine älteste Freundin. Wir haben uns bei meinem zweiten Auftrag kennengelernt. Auch da hat sich mich reingelegt. Ich glaube, Hazel ist von uns beiden die bessere Agentin.

Hazel und ich hatten vom ersten Tag an eine besondere Verbindung. Wir verstanden uns ohne Worte und konnten die Bewegungen des anderen vorausahnen.

Nach unserem ersten Einsatz wurden wir häufig zusammen eingesetzt. Besonders, wenn es darum ging ein Ehe- oder Liebespaar zu spielen. Wir waren so überzeugend, dass es natürlich war, dass wir auch außerhalb des Dienstes eine Beziehung begonnen. Natürlich heimlich, denn Beziehungen zwischen Agenten wurden nicht geduldet. Sie hätten die Arbeit beeinflussen können.

Unsere Affäre war leidenschaftlich und aufregend, dennoch während unseres Jobs nicht haltbar. Wir wurden überall auf der Welt eingesetzt und wussten sie, wann und ob wir uns einander überhaupt wiedersehen würden.

Hazel ist die einzige, die meinen wahren Namen und meine richtige Adresse kennt.

Zumindest, soweit dies mir bekannt ist. Nicht einmal Woods verfügt über diese Information. Sicherheit und Verschwiegenheit ist in unserem Beruf das A und O.

„Er ist da drin. Der Schlüssel steckt," sage ich.

„Es tut mir wirklich leid," sagt sie.

Hazel ist die Einzige, deren Anteilnahme echt klingt und auch echt gemeint ist. Sie versteht, was es bedeutet, wenn man einen Agenten im Einsatz verliert, für den man sich verantwortlich fühlt. Soweit ich weiß, hat Hazel bisher immer alle aus dem Einsatz zurück gebracht, aber nicht alle gesund und die Angst, dass sie es nicht schaffen könnte, verleiht ihr die Möglichkeit, meine Wut und Trauer nachzuempfinden.

Obwohl Hazel sauer sein sollte, dass ich mit einer anderen geschlafen habe, ist sie es nicht. Auch, wenn wir kein Paar im herkömmlichen Sinne sind, haben wir doch eine ganz außergewöhnliche Beziehung. Hazel ist eine außergewöhnliche Frau und sie wird immer einen ganz besonderen Platz in meinem Herzen haben.

„Danke."

„Ich berichte, sobald ich mehr weiß," sagt Hazel und deutet auf den Kofferraum meines Volvos.

Hazel ist zwar eine Frau, war aber während der Ausbildung schon die beste Verhörspezialistin, die der Geheimdienst zu bieten hatten.

Wie oft habe ich mich schon gefragt, wie eine derart gute Agentin trotzdem so weiblich und attraktiv sein kann. Hazel ist elegant und grazile, kann aber zuschlagen wie ein Dampfhammer. Vielleicht ist es ein großer Vorteil, dass niemand so etwas von ihr erwartet.

Sie gibt mir einen Kuss auf die Wange und verschwindet mit dem Volvo und Viktor. Ich habe fast ein bisschen Mitleid mit ihm.

Kapitel 8

„Was zur Hölle?" beginnt Irina zu protestieren, als ich sie einfach mit mir auf die Tanzfläche ziehe.

Sie trägt ein schwarzes langes Kleid, das dezent wirken soll, aber durch ihre weiblichen Kurven sehr attraktiv wirkt. Ihre Haare sind zu einem festen Dutt zusammengesteckt. Vermutlich aus praktischen Grünen. Sie hat ein dezentes Make-up aufgelegt und trägt kleine grüne Diamantenohrringe. Um ihren schlanken Hals trägt sie eine Kette mit einem grünen Anhänger, der entgegen ihrer sonstigen Outfits mit viel Liebe zum Detail und mit filigranen Verzierungen gearbeitet wurde. Je nachdem wie das Licht auf diesen Anhänger fällt, scheint sich die Farbe zu ändern.

„Sie können jetzt hier einen großen Protest aufführen und einen internationalen Zwischenfall herbeiführen oder Sie tanzen einfach mit mir."

Ihre Stirn zuckt und ich sehe die widerstreitenden Interessen in ihren Augen kämpfen. Schließlich gibt sie den Widerstand auf und tanzt mit mir.

„Ich könnte Sie lautlos töten," sagt sie.

„Das ist mir bewusst, aber auch hier würden Sie gegebenenfalls einen internationalen Zwischenfall hervorrufen. Außerdem würden Sie so die Verhandlungen Ihres Arbeitgebers zumindest für heute beenden."

„Sie sind sich ihrer Sache ziemlich sicher," gibt sie zurück.

„Ich halte Sie für eine intelligente Frau Irina, die alle Eventualitäten in Betracht zieht, bevor sie handelt."

„So, sie kennen meinen Namen," sagt sie. „Sie kommen also mit ihren Ermittlungen voran."

„Es scheint Sie zu überraschen," gebe ich schnell zurück.

„Nun ja, ich habe von Ihnen und Ihren Fähigkeiten gehört Pepper Nut, aber ich dachte doch, dass der Tod Ihrer Geliebten Sie etwas zurückwerfen würde."

Ich sehe Joy vor mir, wie sie engelsgleich auf meinem Bett liegt.

„Meine Geliebte? So bezeichnen Sie einen einmaligen One-Night-Stand?"

Es tut mir leid, sie so herabzuwürdigen, aber ich darf keine Schwäche zeigen. Natürlich hatte ich keine Gefühle für sie. Ich habe sie immerhin gerade erst kennengelernt. Aber es klingt herabwürdigend, eine Frau als bloßen One-Night-Stand zu bezeichnen.

„Sind Frauen, denn je etwas anders für Sie?"

Kurz sehe ich das Bild von Hazel vor meinen inneren Augen.

„In unserem Beruf haben wir doch keine andere Möglichkeit, oder?" gebe ich schnell zurück, bevor die kleinste Muskelregung meines Gesichts etwas anderes verraten könnte.

Trotz ihrer aufgesetzten starren Miene sehe ich ein kurzes Zucken um ihre Augen. Ich habe ins Schwarze getroffen. Ich weiß nur noch nicht, was es genau bedeutet.

„Da haben Sie recht," sagt sie und ich kann die Verbitterung in ihrem Ton hören.

„Vielen Dank für diesen Tanz," sagt Irina, löst sich von mir und verlässt die Tanzfläche.

Ich sehe ihr nach. Ich hätte gerne mehr erfahren über die Verbitterung beim Thema Liebe. Es gibt kein wichtigeres Wissen über eine Person als die Kenntnis über geliebte Menschen. Und es gibt auch kein besseres Druckmittel.

„Darf ich bitten?" fragt mich die vertraute Stimme von Hazel.

„Immer," sage ich und umschließe sie mit meinen Armen. „Was machst du hier?"

„Wal Nut, Pea Nut und ich sind deine Verstärkung," erklärt sie.

Hazel fährt mir zärtlich durch meine Haare und steckt mir unauffällig einen Knopf in mein rechtes Ohr.

„Also die ganze alte Truppe mal wieder vereint?"

Wir sind die vier Agenten, die am längsten im Dienst sind. Alle anderen haben entweder aufgehört oder, was zu meinem Bedauern die größere Anzahl von Agenten betrifft, sind im Einsatz umgekommen. Es ist eine gefühlte Ewigkeit her, dass wir alle vier zusammen waren. Zumindest, dass wir es wüssten.

„Hey Alter, lange nicht gesehen," höre ich die Stimme von Wal Nut in meinem Ohr.

„Du siehst scheiße aus, Mann," kommt der Kommentar von Pea Nut.

Ich muss lachen, „Ihr habt euch nicht verändert," gebe ich lachend zurück.

„Ist es so schlimm, was du herausgefunden hast?" frage ich Hazel und bin mehr interessiert als ängstlich.

„Der Kauf soll heute über die Bühne gehen."

„Heute?"

„Ja. Es scheint, als hätte der FSB die Verhandlungen gewonnen."

„Was ist mit der CIA?"

„Nun ja, der Agent, der mit in dem Club war, haben seine Kollegen aus der Themse gezogen."

„Sie räumen schon auf," stelle ich fest.

Hazel nickt.

„Was hast du noch herausgefunden?"

„Der Schwachkopf wusste nicht viel, aber hat geredet wie ein Wasserfall. Der Virus soll auf dem normalen Grippevirus basieren, so dass er ebenso wie eine Grippe verbreitet wird. Er ist jedoch noch ansteckender. Man müsste nur einen Menschen anstecken und es würde sich binnen einer Woche in einem Land wie England überall auf die gesamte Bevölkerung ausgebreitet haben. Die Einwicklung eines Impfstoffes würde längere Zeit in Anspruch nehmen. Hinzu kommt, dass die Ärzte es zu spät erkennen würden. Sie würden es wie eine Grippe behandeln."

„Wusste er, welche Konsistenz der Virus hat?"

„Nein, er hat ihn nie gesehen."

„Hat Vladimir ihm verraten, wie er die erste Person angesteckt werden soll?"

„Er meinte, dass es in einer Parfumflasche übergeben werden soll. Vermutlich ist es also flüssig."

„Und das Gegenmittel hat Vladimir?"

„Zumindest behauptet er das gegenüber den potentiellen Käufern. Es soll aber auch nur eine Phiole sein, so dass der Käufer es erst noch produzieren muss."

„Ist es grün?"

„Wie bitte?"

„Ob das Gegenmittel grün ist?"

„Keine Ahnung, das hat Viktor nicht gewusst."

„Verflucht," stoße ich aus und suche die Gäste nach Irina ab. „Irinas Kette. Der Anhänger. Darin ist das Gegenmittel."

„Bist du dir sicher?"

„Ja."

„Ich sehe sie nirgendwo."

„Ich auch nicht. Ich sehe auch Vladimir nicht. Los, suchen wir sie."

Hazel drückt auf ihren Armreif und spricht hinein:

„Vladimir und Irina. Wir müssen wissen, wo sie sich aufhalten. Irina trägt das Gegenmittel als Kette um den Hals. Vermutlich trägt sie den Virus in einer Parfumflasche in der Handtasche, also äußerste Vorsicht."

Sie schaut mich an, nickt und sagt: „Los."

Kapitel 9

„Ich nehme den Ostflügel,“ höre ich Wal Nut sagen.

„Okay, ich nehme den Westflügel,“ erwidert Pea Nut.

„Ich gehe nach oben,“ sage ich.

„Ich nehme den Keller,“ sagt Hazel Nut.

Überall stehen Gäste in Grüppchen zusammen. Sie schwatzen und trinken Champagner. Sie wissen nicht, was hier vorgeht. Keiner weiß, dass sich hier irgendwo ein gefährlicher Virus versteckt, der sie alle in kürzester Zeit umbringen wird.

Es scheint keiner der Anwesenden Notiz von mir zu nehmen. Im ersten Stock halte ich mich zunächst rechts. Ich habe keine

Ahnung, welche der beiden Seiten die Richtige ist, aber ich darf keine Zeit verlieren.

Vorsichtig öffne ich die erste Tür und schließe sie schnell und leise wieder. Es ist ein Billardzimmer, in dem sich zwei Menschen vergnügen und das nicht beim Billardspielen. Hier werden sie sicher keine Verhandlungen durchführen.

Das nächste Zimmer ist ein Schlafzimmer. Wäre das nicht bequemer gewesen für die Beiden eben? Ich betrete es leise und vorsichtig. Es sieht unberührt aus. An der linken Wand ist eine schmale Tür. Leise gehe ich dorthin und lausche. Ich kann nichts hören.

Ich greife nach dem Türgriff und öffne vorsichtig die Tür. Es ist ein kleines Bad, das ich mit einem Blick überschauen ann. Es ist niemand da.

„Scheiße,“ höre ich Hazel in meinem Ohr. „Im Keller ist ein versteckter Gang.“

„Wie hast du den so schnell gefunden?" höre ich Wal Nut.

„Der Schuh von Irina steckt in der Türöffnung. Deswegen hat sie sich nicht geschlossen."

„Ein Trick?" fragt Pea Nut.

„Sie wussten nicht, dass wir kommen," gibt Hazel zurück. „Also hat sie ihn nicht vor der Gala positioniert und eben hatten sie nicht genug Zeit, um dann aus dem Keller wieder zu verschwinden."

„Hazel, ich komme und gebe dir Deckung. Wir wissen nicht, wie viele Männer er dabeihat," sage ich.

So schnell und so unauffällig wie möglich verlasse ich den ersten Stock über die große Treppe. Erneut scheint keiner der Gäste von mir Notiz zu nehmen. Das würde sich ändern, wenn ich zu rennen beginne und das könnte eine Panik auslösen. Das möchte ich um jeden Preis verhindern.

Alle Verdächtigen würden unentdeckt entkommen.

In meinem Ohr höre ich Hazel sagen: „Squirrel, suchen Sie alles, was sie über dieses und die Nachbargebäude und unterirdische Gänge finden können. Außerdem durchsuchen Sie bitte die Überwachungskameras von 4 Straßenzügen um dieses Gebäude. Sie müssen ja irgendwo wieder herauskommen."

Squirrel ist einer der Lemminge. Er hat keinerlei Ähnlichkeit mit einem süßen Eichhörnchen. Er ist groß und breit und man würde eher vermuten, er wäre ein Angestellter einer Sicherheitsfirma, als ein Technikfreak.

Da mir Tiernahmen und das Zuordnen zu den Gesichtern keinen Spaß macht, nenne ich sie einfach Lemminge. Sie haben sich entweder dran gewöhnt oder nehmen es einfach so hin.

„Wir gehen rein," sage ich zu den anderen. „Ihr durchsucht weiter das Gebäude."

„Geht klar," antwortet Wal Nut.

„Jawoll," antwortet Pea Nut.

Ich nicke Hazel zu und sie schiebt das Weinregal, dass die Eingangstür zum Geheimgang ist, ganz auf. Mit der Waffe im Anschlag sichere ich den Eingang.

Der Gang hinter dem Keller ist schwach, aber ausreichend, beleuchtet. Hazel zieht ihre Waffe und wir machen uns auf den Weg.

Es knistert im Ohr und ich weiß sofort, dass die Wände entweder zu dick oder zu gut abgeschottet sind, um unseren Funk durchzulassen. Wir sind auf uns gestellt. Hazel dreht sich zu mir um. Ihr Blick verrät mir, dass sie genauso denkt wie ich.

Wir dringen weiter in den Gang ein, ohne zu wissen was uns erwartet. Ich lausche, ob ich irgendwelche Geräusche höre. Ich habe keine Ahnung, wie viel Vorsprung Vladimir hat und wie viele Männer dabei hat.

Ich höre nichts. Keine Gespräche, keine Geräusche von Schuhen, kein Atmen. Irgendetwas stimmt hier nicht. Meine Nackenhaare stellen sich auf, wie sie es immer tun, wenn Gefahr droht. Meine Hände schließen sich fester um meine Waffe.

Ein leises kontinuierliches Knistern erregt meine Aufmerksamkeit. Ich tippe Hazel auf die Schulter und lege meinen Finger auf die Lippen, um ihr zu bedeuten, ruhig zu sein. Ich sehe in ihrem Gesicht, wie sie sich auf ihre Ohren konzentriert.

„Scheiße, renn," brülle ich ihr zu.

Wir stürzen so schnell wir können den Gang zurück. Ich höre Hazels Schritte hinter mir. Sie stürzt. So schnell ich kann, reiße ich sie auf die Füße und wir rennen weiter. Wir dürfen keine Zeit verlieren.

Der Knall der ersten Explosion scheint schon so dicht zu sein, dass ich nicht denke, dass wir die Botschaft noch erreichen werden, doch es folgt ein weiterer und noch einer.

Es knistert in meinem Ohrhörer. Ich packe Hazel bei der Hand und springe mit einem großen Schritt in den Keller der Botschaft. Hazel landet unsanft auf dem Boden. Ich werfe mich gegen das Weinregal, um es so schnell wie möglich zu schließlich. Hoffentlich ist es bombensicher.

Eine weitere Explosion bläst das Weinregal etwas von der Wand, so dass ich durch den Raum geschleudert werde. Ich lande unsanft erst an der gegenüberliegenden Wand und dann auf dem Boden.

Ich höre, wie Wal Nut und Pea Nut nach uns rufen und laute Schritte in den Keller rennen.

„Es war eine verdammte Falle," meckert Hazel, während sie sich den Staub von ihrem Kleid klopft und ihre Frisur richtet.

Ich muss schmunzeln. Selbst nach so einer Aktion denkt Hazel als erstes daran, dass ihr Outfit sitzt. Sie hat zwar recht, weil wir hier gleich viel zu erklären haben, aber es zeigt wieder einmal, wie unverwüstlich diese Frau ist.

Kapitel 10

„Pepper Nut,“ brüllt mir Woods in mein Ohr, „wissen Sie, was das für ein riesiges Desaster ist?“

„Sir,“ versuche ich es, doch er lässt mich nicht zu Wort kommen.

„Der Botschafter hat nicht nur mich angerufen, sondern auch den russischen Präsidenten. Wie soll ich dem bitte erklären, dass sich vier meiner Agenten ohne seine Genehmigung in der Botschaft befunden haben. Aber nicht nur dass, sie haben auch noch den Weinkeller der Botschaft zerstört.“

„Aber Sir,“ versuche ich es erneut.

„Pepper Nut,“ unterbricht er mich abermals, „ich entziehe Ihnen hiermit den

Fall. Haben sich mich verstanden? Sie sind raus!"

„Aber Sir," setzte ich noch einmal an.

„Nichts aber, sie sind raus. Gute Nacht."

Woods hat das Gespräch einfach beendet. Was kann ich denn für den Schlamassel? Wer hätte denn gedacht, dass Vladimir so gerissen ist, dass er gleich einen ganzen Tunnel in die Luft sprengt? Wir haben das getan, was man von uns erwartet hat.

Ich schlage mit der Faust auf den Tisch. Einen Teufel werde ich tun und die Sache auf sich beruhen lassen. Ich werde mir Vladimir schnappen oder zumindest das Virus.

Ich öffne meinen Laptop. Zu meiner Freude sehe ich, dass die Lemminge noch nicht von Woods informiert wurden. Sie haben mir die Überwachungsvideos geschickt, die Hazel haben wollte. Sie haben sogar etwas über Irina herausgefunden.

Auch, wenn mich die Neugier schier überwältigen will, will ich auch Vladimir um alles in der Welt kaltstellen. Also schaue ich mir erst einmal die Überwachungsvideos der umliegenden Straßen an. Irgendwo muss dieser Tunnel ja aufgehört haben. Also, wo habt ihr euch verkrochen?

Ich schrecke zusammen, als es an meiner Tür klopft. Ich muss über den Videos eingeschlafen sein. Wie konnte mir das passieren? Noch nie ist mir so etwas in einem Einsatz passiert. Bin ich schon zu alt für diesen Job?

Quatsch, sage ich mir selber. Die letzten Nächte waren einfach zu aufregend und es war schon nach 4 Uhr morgens als ich mit den Videos begonnen habe. Jetzt ist es 7 Uhr.

Ich reibe mir die Augen, als es erneut klopft. Meine Nackenhaare stellen sich auf. Ich ziehe meine Waffe aus dem Halfter und schaue durch den Türspion.

Irina! Was zur Hölle macht sie hier und warum klopft sie? Ich bin mir sicher, dass sie sich selbst reinlassen könnte, wenn sie wollte.

„Bitte,“ höre ich sie flehen und ihre Stimme klingt ängstlich und ehrlich.

Ich öffne die Tür. Ihr stehen Tränen in den Augen. Ein Bluterguss fängt an, sich über ihrem Jochbein abzuzeichnen. Das wird bei einer Frau wie Irina nicht der Grund sein, dass sie weint. Dennoch wirkt es echt und nicht gespielt. Vielleicht ist sie aber auch einfach verdammt gut.

„Bitte,“ fleht sie erneut.

Ich mache einen Schritt zur Seite, so dass sie eintreten kann. Noch immer habe ich meine Waffe in der Hand.

Sie setzt sich auf mein Bett und legt die Hände in ihren Schoss. Wie sie dort sitzt, mit hängenden Schultern und Tränen in den Augen, ist sie nur noch ein Schatten der Frau, die vor wenigen Tagen und Stunden wunderschöne und unschuldige Frauen getötet hat.

„Ich," fängt sie an, bricht jedoch gleich wieder ab.

In ihrem Gesicht zeigen sich unterschiedliche Emotionen: Furcht, Verachtung, Hilflosigkeit und sogar Unsicherheit. Wie kann eine Frau, die fast jeden Mann der Welt mit ihren eigenen Händen töten kann, unsicher sein?

Den Stuhl meines Schreibtisches stelle ich gegenüber der Bettkante auf, auf welcher Irina Platz genommen hat. Mit einigem Abstand zu ihr, so dass sie mich nicht angreifen kann. Ich setze mich und lasse ihr Zeit, um sich zu sammeln. Noch immer halte ich meine Waffe in der Hand. Mein Griff ist zwar nicht mehr so fest, aber ich wäre noch immer schussbereit.

„Ich brauche Hilfe," bringt sie schließlich hervor.

Sie sieht mir in die Augen und ich sehe Schmerz und Verzweiflung. Dennoch sage ich nichts. Nichts, was irgendetwas darüber verraten würde, was ich sehe. Ich werde ihr nicht zeigen, dass ich ihr glaube, bis sie mir ihre ganze Geschichte erzählt hat.

Noch einmal atmet sie tief durch.

„Er hat meine Tochter," sagt sie schließlich, als würde das alles erklären. Doch das tut es nicht.

„Mein Mann und ich haben eine Tochter, ihr Name ist Corina. Sie ist 5."

Sie ist also verheiratet und Mutter. Wie vereinbart man so etwas mit dem Beruf einer Killerin?

„Sladi, mein Mann, war Chemiker."

„War?"

Sie nickt und ihr Gesicht sieht auf einmal um Jahre gealtert aus.

„Vladimir hat ihn umgebracht. Er rekrutierte Sladi direkt nach der Universität, um eine eigene Forschungseinrichtung zu leiten. Vladimir erzählte ihm, es ginge um die Erforschung von Heilmitteln gegen Krebs und andere Krankheiten. Vladimir sagte ihm, er müsse zunächst die Viren künstlich herstellen, um dann ein Gegenmittel zu entwickeln. Doch in Wahrheit wurden die Viren nach ihrer Entwicklung verkauft und gegen Menschen eingesetzt, ohne dass es schon ein Gegenmittel gab. Als Sladi dahinterkam und gehen wollte, entführte Vladimir Corina.

Sladi hat Corina über alles geliebt, wie ich auch. Er hätte alles für sie getan. Also handelte er einen Deal mit Vladimir aus. Er würde noch einen Virus entwickeln und dann dürften wir gehen.“

„Doch Vladimir hielt sich natürlich nicht daran," gebe ich zurück.

Sie schüttelt traurig den Kopf: „Nein, als Sladi fertig war mit der Entwicklung ließ Vladimir ihn erschießen oder tat es sogar selber. Er behielt Corina. Da er von meiner Vergangenheit beim Militär wusste, erpresste er nun mich.

Ich war eine der besten in meiner Branche."

„Die da wäre?"

„Naja, dieselbe, die du tust. Aber ich habe nach der Geburt von Corina aufgehört. Sie ist das Wichtigste in meinem Leben und ich wollte keine Sekunde ihres Lebens verpassen. Und nun versäume ich so viel und habe keine Ahnung, wie es ihr geht."

Eine einsame Träne rollt über ihre Wange.

„Wo ist sie jetzt?" frage ich.

„Das weiß ich nicht. Er bringt sie jeden Tag in eine andere Stadt. Damit ich keine Chance habe, sie zu finden."

Ich nicke. Vladimir wäre nicht so mächtig geworden, wenn er nicht gut in seinem Job wäre.

„Wo war sie zuletzt?"

„Ich glaube, in Berlin."

„Wieso?"

„Ich darf jeden Tag mit mir sprechen. 5 Minuten."

„Und wieso dann Berlin?"

„Heute sagte sie zu mir: Mama, wer stellt eine Kutsche auf ein Tor?"

„Okay, das ergibt Sinn."

„Ja, aber es war schon zu viel, was sie gesagt hat. Dabei ist sie zu klein, um das zu verstehen. Aber Vladimir war sehr angespannt und dann sah er noch, wie wir tanzten…. Nun ja," sagt sie und streicht sich leicht über das Jochbein.

Ich nicke. Vladimir hatte also gar nicht mitbekommen, dass mein Team vor Ort war. Er hatte Angst, dass Irina und ich ihre Tochter befreien könnten. Sehr gut.

Völlig überraschend springt sie auf: „Ich muss gehen."

„Wohin?" frage ich überrascht.

„Zu Vladimir. Er wird mich suchen."

„Du kannst doch nicht zurück," wage ich einen Versuch.

Wenn Vladimir herausfindet, dass sie hier war, wird er sie töten, ohne mit einer Wimper zu zucken.

„Wenn er mich nicht findet, wird er Corina was antun."

Ich nicke langsam. Zwar hat sie da Recht, aber so ist ihr Leben in Gefahr.

„Er wird mir nichts tun, so lange ich tue, was er verlangt. Bitte, finde sie," fleht sie mich an, bevor sie mein Zimmer verlässt.

Mir bleibt nur die Hoffnung, dass Vladimir nicht herausfindet, dass sie hier war.

Kapitel 11

„Sir, ihr übliches Zimmer haben wir hergerichtet,“ sagt der Concierge vom Adlon zu mir.

„Danke,“ gebe ich schlicht zurück.

„Reisen Sie allein Sir?“

„Ja, das tue ich.“

„Dann darf ich Sie bitten, Ihrer reizenden Frau meine besten Grüße auszurichten.“

„Das werde ich tun.“

Während ich die Treppen zu meinem Zimmer emporsteige denke ich über meinen letzten Besuch in Berlin nach. Es müsste jetzt vier Jahre her sein, dass ich hier war. Dennoch ist mein übliches Zimmer bekannt. Sollte mir das Sorgen bereiten?

Ich beschließe, mir keine Sorgen zu machen. Immerhin bin ich laut Unterlagen ein reicher Geschäftsmann aus England und gebe bei jedem Besuch fürstliches Trinkgeld. Zwar führt das immer zu Streit mit Woods bei der Spesenabrechnung, aber das ist mittlerweile mehr zum Sport als zum Ärgernis geworden.

Vor vier Jahren war ich mit Hazel hier. Sie gab meine Ehefrau, während wir einem albanischen Waffenhändler das Handwerk gelegt haben. Es war eine schöne Zeit, auch wenn es zwischendurch brenzlig geworden war. Vielleicht sollte ich mich mit Hazel zur Ruhe setzen.

Schnell schüttle ich den Kopf um den Gedanken zu vertreiben. Keiner von uns würde freiwillig in den Ruhestand treten. Ich muss beinahe lachen bei dem Gedanken daran, wie Hazel auf der Veranda eines kleinen Einfamilienhäuschen sitzt, einen Pullover strickt und drei Kinder um sie herumspringen. Hazel als perfekte Hausfrau.

Die Tür zu meinem Zimmer steht einen Spalt um. Ich ziehe meine Waffe aus meinem Holster und öffne die Tür vorsichtig. Ich springe in das Zimmer und hätte beinahe Gardener erschossen.

„Herr im Himmel, Pepper Nut, Sie hätten mir beinahe einen Herzinfarkt beschert."

„Ich hätte Sie fast erschossen."

„Zum Glück beides nur fast."

Ich stecke meine Waffe ein und schließe die Tür. Gardener hat aus meinem ersten Auftrag nicht viel mehr gelernt als ich. Auch da hätte ich ihn fast erschossen, weil er sich ohne Anmeldung Zugang zu meinem Zimmer verschafft hat. Ob es irgendwann einmal schief gehen wird?

„Gardener, was machen Sie denn hier?"

„Sie haben Dinge bestellt, falls Sie sich erinnern," gibt er zurück und macht deutlich, dass er an meiner Hirnfunktion zweifelt.

„Gardener, ich habe ein paar technische Spielereien bestellt, aber doch nicht Sie."

„Und wer, frage ich Sie dann, Pepper Nut, soll Ihnen erklären, wie diese Dinge funktionieren."

„Touché," gebe ich zurück. „Man hätte aber auch eine Bedienungsanleitung mitschicken können."

„Wie in Moskau? Wo Sie als erstes die Anleitung des neuen SLK in Rauch haben aufgehen lassen."

Okay, zwei zu Null für Gardener. Da drückt man einmal auf einen Knopf und es wird einem ewig vorgehalten, denke ich.

„Also, was haben Sie mir mitgebracht?" wechsle ich das Thema. Die Zeit sitzt mir im Nacken. Statt einer Antwort von

Gardener, öffnet sich die Tür zum Schlafzimmer.

„Mich,“ sagt Hazel. Sie strahlt über das ganze Gesicht. Die Freude darüber, dass sie hier ist, überwiegt die Frage, wieso sie sich am Portier vorbeigeschlichen hat.

„Außer der besten Agentin, die wir zu bieten haben,“ setzt Gardner an, „habe ich ihnen das bestellte Equipment mitgebracht. Die Autoschlüssel des Mercedes hat Hazel bereits an sich genommen. So bekomme ich ihn wenigstens in einem Stück wieder.“ Die Spitze gegen ihn überhöre ich geflissentlich. Da ich keine Antwort gebe, fährt Gardener fort: „Die neue Uhr, der Aktenkoffer und der Gürtel.“ Bei der Aufzählung der Stücke legt er das jeweilige Stück auf den Couchtisch. Er beginnt mir die einzelnen Stücke und ihre Funktion genau zu erklären, aber wie immer höre ich ihm nicht wirklich zu. Warum macht er sich den Weg und die Mühe, wenn er doch weiß, wie ich bin. „Bis Ende der Woche bin ich noch in Berlin," gibt Gardener die Erklärung auf meine unausgesprochene Frage.

„Sie machen Urlaub?" gebe ich zurück.

„Urlaub? In derselben Stadt, in der sie sind? Wohl kaum. Eher bin ich hier, um die Überbleibsel meiner Arbeit hinter ihnen aufzuräumen."

Nach dieser letzten Spitze gegen mich verlässt er das Zimmer und ich bin das erste Mal seit langer Zeit allein mit Hazel. Noch immer steht sie in der Tür zum Schlafzimmer. Sie trägt ein schlichtes hellblaues Kleid und High Heels. Ihr dezentes Make-up unterstreicht nur die natürliche Schönheit. Trotz der vielen gefährlichen Einsätze und der Jahre, die sie sich nunmehr kennen, scheint sie um keinen Tag gealtert zu sein. Sie ist noch genauso schön, wie am ersten Tag.

Ich gehe auf sie zu ohne sie aus den Augen zu lassen. Auch sie scheint die Anziehung zu spüren, die uns noch immer verbindet. Keiner sagt ein Wort. Ich stehe unmittelbar vor ihr. Sie hebt ihr Kinn an und ich küsse sie. Ihre weichen Lippen empfangen meinen Kuss, als hätte sie nur darauf gewartet. Ich hebe sie hoch, ihre schlanken Beine legen sich um meine Hüften, während ich sie zum Bett trage. Wir lieben uns mit einer Intensität, die mir keine andere Frau je geben können wird.

Kapitel 12

Hazel zieht ein geblümtes Kleid und bequeme Sandalen an. Ihren Touristenlook vollendet sie mit einem passenden Sonnenhut. Es ist Sommer und in der Stadt steht die Luft. Dennoch werden wir einen Spaziergang machen. Hazel hat drei mögliche Objekte herausgefunden, in denen sich Vladimir versteckt halten könnte. Nun geht es darum, das Richtige herauszufinden. Obwohl wir eine wichtige Aufgabe haben, freue ich mich darauf, mit Hazel durch das schöne Berlin zu schlendern.

Auf der Straße hakt sie sich bei mir unter und wir machen uns auf den Weg zum ersten Objekt. Hoffentlich haben wir nicht gleich Glück. Wir schlendern wie andere Touristen die Straße Unter den Linden entlang.

Das erste Objekt ist ein Wohnhaus unweit des Adlons. Im Erdgeschoss gibt es eine Wäscherei, in der laut der Quellen von Hazel, Geld gewaschen wird. Darüber befinden sich Wohnungen, die als Wohnungen für Prostituierte oder Geschäftspartner dienen.

Auf dem Weg ist es leicht zu erkennen, wer hier lebt und wer nur zu Besuch ist. Die Touristen haben Zeit und schlendern die Straßen entlang, sie schauen links und rechts. Die Einheimischen hingegen, rennen fast durch die Straßen. Sie haben keinen Blick für die Architektur und die Schönheit ihrer eigenen Stadt. Wie traurig, denke ich und frage mich dann, ob es mir zuhause genauso ergeht. Vermutlich nicht, denke ich, denn normalerweise bin ich immer nur wenige Tage zwischen zwei Aufträgen in meiner Wohnung.

Ich spüre das leichte Vibrieren, dass von ihrer Handtasche ausgeht. Nur widerwillig zieht sie ihren Arm aus meinem Arm. Sie greift in ihre Handtasche und zieht einen kleinen Schminkspiegel heraus. Sie klappt ihn auf und während sie so tut, als würde sie ihr Make-Up kontrollieren, sehe ich, dass sie liest.

„Der Deal ist noch nicht abgeschlossen," sagt sie schließlich, während sie den Taschenspiegel wieder in ihrer Handtasche verstaut. „Aber sie räumen auf."

Ich nicke. Egal, wer von ihren möglichen Käufern und Interessenten jetzt schon das Zeitliche gesegnet haben, es bedeutet für uns, wir haben nicht mehr viel Zeit.

Wir kommen zum ersten Haus auf unserer Liste. Vor der Tür steht ein mit dicken Muskeln bepackter Mann, der versucht, unauffällig auszusehen. Ich schmunzle. Wie soll ein Mann, der zwei Meter hoch und fast zwei Meter breit ist, unauffällig vor einem Gebäude herumstehen? Zumal so ein Mann jetzt auch nicht unbedingt der Kleidung und den Tätowierungen nach, ein Mann ist, der regelmäßig eine Wäscherei aufsuchen würde. Hazel zieht eine zusammen geknüllte Bluse aus ihrer Handtasche.

„Ich warte hier draußen, Schatz," sage ich zu ihr. Sie gibt mir einen Kuss und unter den wachsamen Blicken des nicht so unauffälligen Türstehers betritt sie die Wäscherei.

„Entschuldigen Sie," sage ich zu dem Mann, „können Sie mir vielleicht sagen, wie wir am schnellsten zum Bundestag gelangen?"

Der Gesichtsausdruck des Mannes scheint noch grimmiger zu werden. Ich lächle ihn weiterhin an, als würde mich die Antwort tatsächlich interessieren. In Wahrheit beobachte ich Hazel. Ich kann das

Knirschen der Zähne des Mannes fast hören, der sich augenscheinlich bemüht, mich nicht davon zu jagen.

„Das kann ich Ihnen leider nicht beantworten,“ antwortet er zwischen zusammengekniffenen Zähnen, „ich bin auch nur zu Besuch.“ Er verschränkt die Arme fester vor der Brust, um zu signalisieren, dass er an einem weiteren Gespräch kein Interesse hat.

„Ach, Sie sind auch ein Tourist,“ lasse ich nicht locker. Ich sehe, wie Hazel den Mann hinter dem Tresen gerade über diesen zieht. Sie drückt seinen Kopf auf den Tresen und er kann den Schmerz in den Augen des Mannes sehen. So wie er aussieht, ist er nur ein einfacherer Angestellter. Keiner von den harten Jungs, die wirklich für das Geschäft verantwortlich sind, sondern einer, der die Fassade aufrechterhalten soll.

Ich schaue den Kerl vor mir an, als erwarte ich noch immer eine Antwort. „Hör zu Freundchen," sagt er und ich sehe die Anspannung in seinem Kiefer. „Ich habe kein Interesse an Smalltalk. Schnapp´ Dir deine Alte und sieh´ zu, dass du Land gewinnst."

Er wendet sich der Scheibe zu, um auf Hazel zu deuten. In dem Moment, in dem seine Augen sich vor Überraschung weiten und er zu seiner Waffe greifen will, springe ich gegen ihn. Der Aufprall ist so überraschend für ihn, dass er gegen die Wand knallt. Er ist kurz benommen und schüttelt seinen Kopf, um wieder klar zu werden. Ich nutze den Moment und ramme ihm meinen Ellenbogen mit voller Wucht in die Magengrube. Er beugt sich stöhnend vor und hält sich den Bauch. Ich nutze die Chance, greife nach seinem Kopf und ramme mein Knie gegen seine Nase. Er sackt zusammen, ohne einen weiteren Mucks von sich zu geben. Ich setze ihn in den Hauseingang, so als würde er schlafen.

Ich sehe mich um. Obwohl sehr viel Betrieb auf der Straße und dem Gehweg herrscht, tun alle so, als wäre nichts geschehen. Der Vorteil einer Großstadt ist auf jeden Fall, dass sich niemand für etwas interessiert und niemand in etwas hineingezogen werden will.

Hazel tritt aus dem Geschäft. Sie schaut erst mich an, dann den Mann im Hauseingang. Sie tritt auf mich zu, rückt meinen Kragen zurecht und gibt mir einen Kuss auf die Wange.

Kapitel 13

„Vierter Stock," sagt Hazel. Ich schaue sie ungläubig an. „Vierter Stock," wiederholt sie daher.

„Ich habe dich schon verstanden," sage ich. „Ich kann nur nicht glauben, dass es so schnell gehen soll."

Sie nickt. Wir beide haben gelernt, dass nichts, was einfach scheint, auch einfach ist. Es gibt immer einen Haken, den man finden muss, um sich nicht daran aufzuhängen.

Ich schaue an der Fassade des Hauses nach oben. Der Haken ist schon, dass wir keine Ahnung haben, was uns in den anderen Stockwerken erwarten wird.

„Der Kerl wusste nicht, wie viele Männer und Frauen genau in den anderen Stockwerken sind. Er weiß nur, dass stetig andere Personen ein- und ausgehen, aber das Mädchen ist ihm aufgefallen, weil hier nicht sehr häufig bis gar nicht Kinder auftauchen. Also hat er die Ohren gespitzt, wenn die Männer über das Mädchen sprachen. Ihn hat ja eh niemand beachtet."

„Bist du sicher, dass er nicht mehr weiß," frage ich. Ihr Augenrollen bringt mich dazu, sofort einzulenken. Ich hebe entschuldigend die Hände und sage: „Okay, okay, blöde Frage."

„Hintereingang?" frage ich nach kurzem Überlegen.

Sie schüttelt den Kopf: „Es gibt nur einen Ein- und Ausgang, aber die Wände zwischen den Gebäuden sollen nicht besonders dick sein."

„Dach?"

Hazel schüttelt den Kopf. „Keine Chance."

Ich nicke. Schön wäre ein Grundriss des Hauses und eine gezielte Vorbereitung, aber wir wissen weder, wie lange er das Mädchen noch am Leben lassen wird, noch, wann das Virus verkauft wird. Wir haben keine Wahl.

„Du informierst das Hauptquartier," weise ich Hazel an. „Wir treffen uns im Hotel."

Hazel legt den Kopf schief und ich weiß, sie wird alles tun, um mir zu helfen.

„Bitte," sage ich zu ihr, „dann muss ich mir nur um eine Person Sorgen machen. Warte im Hotel."

Im Gesicht von Hazel spiegeln sich verschiedene Emotionen, bis schließlich die Vernunft siegt. Hazel weiß, dass es besser ist, wenn sie im Hotel wartet, auch wenn sie es genauso hasst, wie ich, untätig herumzusitzen.

„Ich melde mich, wenn ich Hilfe brauche,“ versuche ich sie zu beruhigen und zeige auf meine Uhr. „Wenn die Verstärkung eintrifft, räumt ihr hier den Laden auf.“

Hazel nickt. Sie küsst mich mit so viel Leidenschaft, als wäre es der letzte Kuss ihres Lebens. In unserem Beruf ist das nun einmal bittere Realität. Ich sehe Hazel nach, bevor ich das Gebäude betrete.

Kapitel 14

Mit geducktem Kopf erklimme ich die Treppen zum ersten Stockwerk. Keiner hält mich auf. Ich nehme keinerlei Bewegung wahr. Das ist ungewöhnlich. Vielleicht dient es aber auch nur der Tarnung. So kann niemand, der das Erdgeschoss betritt, Verdacht schöpfen. Meine Schritte werden langsamer. Die Hand um meine Waffe im Halfter wird fester. Jeden Moment muss ich auf einen Gegner treffen.

Ich drücke mich an die Wand und versuche, den Treppenabsatz so weit zu überschauen, dass ich ihn unbeachtet betreten kann. Ich schiebe mich eine weitere Stufe nach oben und verharre augenblicklich in der Bewegung. Ich sehe nur die Spitze von schwarzen Stiefeln. Eine Person muss am

Anfang der Treppe in das nächste Obergeschoss stehen.

Ein rasselndes Husten verrät ihn zusätzlich. Das ist meine Chance, da er durch den Hustenanfall abgelenkt ist. Ich springe die letzten Stufen hinauf und sehe ich die vor Schreck und Überraschung geweiteten Augen meines Gegenübers. Bevor er auch nur einen Ton von sich geben kann, schlage ich mit der Kante meiner rechten Hand mit voller Wut gegen den Kehlkopf des Mannes, der daraufhin zu Boden geht.

Schnell sehe ich mich um, kann jedoch keine weiteren Personen ausmachen. Auf dem Treppenabsatz befindet sich eine Tür. Vorsichtig öffne ich sie. Wie erhofft, handelt es sich um eine Art Besenkammer. Ich ziehe den Mann hinein und schließe die Tür. Ich drehe den Knauf zum Verriegeln nach links.

Noch immer scheint keiner von meiner Anwesenheit Notiz genommen zu haben. Ich schaue den Flur entlang, von dem man in diesem Treppenaufgang zu den einzelnen Zimmern gelangt. Es ist kein Wachtposten vorhanden. Hier werden sie daher keine wichtigen Dinge verstecken.

So leise wie es mir möglich ist, gehe ich die nächste Treppe hinauf. Ich höre Stimmen. Mindestens zwei Männer befinden sich auf dem nächsten Treppenabsatz. Ich bin schnell genug und könnte beide erschießen, bevor sie auch nur wissen, wie ihnen geschieht, doch sobald ich den ersten Schuss abgegeben habe, werden die anderen alarmiert.

Leise gehe ich wieder hinunter zum letzten Treppenabsatz. Mit meiner Waffe schlage ich gegen die Tür, hinter der noch immer der Mann liegt. Über mir höre ich, wie die zwei Männer lauter reden. Ihre Worte kann ich nicht verstehen. Ich ziehe mich, mit der Waffe im Anschlag, in den Flur zurück. Wie erwartet höre ich kurz darauf schwere Stiefel auf der Treppe. Der Mann ruft nach einem Victor, der ihm jedoch nicht antwortet. Ich vermute, es ist jener Mann in der Besenkammer. Die Schritte werden langsamer. Ich linse aus meinem Versteck hervor und sehe, wie der Mann von oben an Treppengeländer hinabsieht und erneut nach seinem Kollegen ruft.

Ich mache einen großen Satz aus meinem Versteck nach vorne und schlage ihm mit aller Kraft meinen Waffenknauf in den Nacken. Der Mann geht unverzüglich zu Boden. So leise, wie möglich, ziehe ich ihn Richtung Besenkammer und sperre ihn zu seinem Kumpel.

Von oben werden Rufe lauter, jedoch antwortet niemand. Mein nächster Zug hängt von meinem Gegner ab. Ich habe keine Ahnung, wie viele Männer oben auf mich warten, aber ich muss so lange wie möglich unbemerkt bleiben. Ich ziehe mich in meine Deckung im Flur zurück.

Nachdem auch der zehnte Ruf unbeantwortet bleibt, höre ich wieder schwere Stiefel auf der Treppe. Sie sind langsamer als die Tritte des Vorgängers. Er scheint zu ahnen, dass etwas nicht stimmt. Hoffentlich hat er noch keinen Alarm geschlagen. Andererseits wäre dann sicher schon mehr im Treppenhaus los.

Ich sehe, wie der Mann im Treppenabsatz stehenbleibt und sich umsieht. Er entdeckt mich, bevor ich ihn unbemerkt angreifen kann. Ohne zu zögern, mache ich einen Schritt nach vorne und schlage ihm mit der Faust auf die Nase. Ich höre das Brechen des Knochens, doch mein Gegner scheint davon unbeeindruckt. Er greift mit beiden Händen nach meinem Hals, doch ich kann mich rechtzeitig ducken. Ich schlage mit den Fäusten in die Nierengegend meines Gegners, doch auch dies lässt ihn unbeeindruckt. Er greift nach meiner Hüfte und hebt mich hoch. Ich hänge wie eine Katze in der Luft und versuche ihm mit Händen und Füßen weitere Schläge und Tritte zu versetzen, doch es gelingt mir nicht.

Unbeeindruckt wirft er mich über seine Schulter. Ich habe keine Wahl. Ich ziehe meine Waffe und schieße ihn in sein Gesäß. Das linke Bein sackt zusammen. Der Mann ist kurz desorientiert und setzt mich ab. Ich höre über mir feste und schnelle Schritte. Ich lege an und die nächste Kugel trifft mein Gegenüber direkt in den Kopf. Während er nach vorne fällt, laufe ich in den Flur, der mir eben noch Deckung geboten hat.

Ich nehme die erste Tür zu meiner linken. Da sie nicht verschlossen ist, öffne ich sie. Eine Frau mittleren Alters sitzt auf einem Bett und lächelt, als sie mich erblickt. Ich lege meinen rechten Finger an die Lippen und als sie meine Waffe entdeckt, ist sie augenblicklich mucksmäuschenstill.

Ich lege mein rechtes Ohr an die Tür, um herauszufinden, wohin die Männer gehen. Durch die Tür hindurch kann ich sie hören. Sie teilen sich auf. Sie werden die Zimmer durchsuchen. Schnell sehe ich mich um. Die Frau steht leise auf und hebt einen Wandteppich leicht an. Dahinter kann ich in die Wohnung nebenan sehen. Ich schaue sie fragend an, doch die sich nähernden Schritte auf dem Flur lassen mir keine Zeit, eine Antwort zu erhalten. Ich schlüpfe durch die Wandöffnung und der Wandteppich wird sofort wieder glattgezogen.

Die Wohnung, in der ich nun stehe, ist leer. Keine Möbel und keine Menschen. Immerhin wissen sich die Frauen schon einmal zu helfen, denke ich. Vorsichtig öffne ich die Tür der Wohnung, doch im Flur ist niemand zu sehen. Ich stehe im Nachbarhaus, das bisher von keinerlei

Interesse für Ermittlungen gewesen ist. Immerhin gehen alle Personen in das andere Haus hinein und hinaus. Es gab bis jetzt keinen Anlass, die Ermittlungen auszuweiten. Wie man sich irren kann, denke ich und mache mich auf den Weg in den nächsten Stock.

Ob es mehr von diesen Wohnungen gibt? Eine von den Damen wird nicht allein auf die Idee gekommen sein, aber wie finde ich heraus, wo die Kleine versteckt wird. Die beste Wohnung wäre die, die in der Mitte liegt. Am Anfang des Flurs wäre die Gefahr groß, dass jemand sie schreien hören könnte, wenn er die Treppe nutzt, am Ende des Flures wären Fenster auf die Querstraße hinaus. Hier wäre es leichter, hineinzugelangen.

Ich gehe zur mittleren Wohnung und klopfe an. Niemand öffnet mir. Ich drehe den Türknauf und die Tür geht auf. Vorsichtig schaue ich in die Wohnung, doch auch diese ist leer. Ein gutes Zeichen. Leise schließe ich die Tür hinter mir. Im Wohnzimmer entdecke ich ein Loch in der Wand, dass von einer Tapete von der anderen Seite verdeckt wird.

Vorsichtig stelle ich mich neben das Loch und lausche. Ich höre nichts, gar nichts. Habe ich mich geirrt? Ein leises Schluchzen zeigt mir, dass jemand auf der anderen Seite der Tapete ist.

„Corina?" flüstere ich.

Das Schluchzen verstummt. „Ja," flüstert eine kleine Mädchenstimme zurück.

„Bist du alleine?" frage ich.

„Ja," antwortet sie. Vorsichtig drücke ich mit der Hand gegen die Tapete. Sie lässt sich anheben und ich kann in den Raum hineinsehen. An der anderen Wand sitzt ein kleines Mädchen in einem weißen Kleid, dass seiner Mutter so ähnlich sieht, dass kein Zweifel an ihrer Identität vorhanden ist.

„Deine Mutter schickt mich," sage ich und strecke ihr die Hand entgegen. „Lass´ uns von hier verschwinden." Ich sehe, wie die Kleine zögert und hoffe, dass sie mich nicht nach ihrer Mutter fragt. Ich höre Schritte auf dem Flur des Hauses in dem Corina noch sitzt. Sie zuckt zusammen, was mir zeigt, dass sie die Schritte ebenfalls hört. Schnell rennt sie auf Zehenspitzen zu dem Loch in der Wand und krabbelt durch das Loch hindurch. Vorsichtig lasse ich Tapete sinken, damit diese nicht zu sehr schwingt.

Kurz darauf höre ich, wie die Tür des Zimmers aufgerissen wird. Ich ziehe Corina vor mich und lege ihr meine Hand auf den Mund, damit sie uns vor Schreck nicht verraten kann. Der Mann stößt wilde Flüche aus, die Corina hoffentlich nicht versteht. Er brüllt: „Sie ist weg. Findet sie."

Als die Tür wieder in das Schloss gefallen ist lasse ich Corina los. „Lass uns gehen." Die Kleine nimmt meine Hand und zusammen machen wir uns auf den Weg zum Flur. Auf einmal scheint die Hölle loszubrechen. Im Nachbarhaus fallen Schüsse und Befehle in verschiedenen Sprachen werden gebrüllt.

Ich hebe die Kleine auf meinen linken Arm und nehme meine Waffe in die rechte Hand. Vorsichtig mache ich mich auf den Weg die Treppe hinunter. Zwar hört man die Schüsse, doch hier sind keine Männer zu sehen. Ich drücke mich an die Wand, als wir die letzte Treppe hinuntergehen und versuche durch die oberen Scheiben der Eingangstür etwas zu sehen.

Auf der anderen Straßenseite steht Hazel mit einem Handy in der Hand. Sie wirkt entspannt und ruhig, während andere Passanten eilig vorübergehen. Einige rennen sogar geduckt vorbei und suchen das Weite. Ich gehe weiter die Treppe hinab und stoße mit dem Fuß die leicht geöffnete Eingangstür auf.

Die ersten Männer sitzen kniend mit auf dem Rücken gefesselten Händen vor der Hausmauer des Verstecks. Es sind also unsere Leute, schießt es mir durch den Kopf. Hazel läuft auf uns zu, als sie mich entdeckt.

„Ich wusste, du würdest sie finden," sagt sie und nimmt mir die Kleine ab.

Kapitel 15

„Was für ein Desaster,“ donnert Woods los. „Die Operation sollte unauffällig sein.“

„Ich war unauffällig,“ werfe ich ein. Immerhin war ich es nicht, der das Überfallkommando herbeigerufen hat. Aber ich bin klug genug, Woods nicht darauf hinzuweisen, dass er es war, dass er das Überfallkommando geschickt hat. Ich hatte zumindest schon mal die Kleine und das ohne großes Aufsehen. Das Virus hätte ich sicher auch noch bekommen, aber die Zeit war zu knapp, um vorsichtig vorzugehen.

„Und dann haben wir zwar Vladimir aber das Virus nicht,“ sagt er und klingt nicht mehr so aufgebracht.

„Geben Sie mir fünf Minuten," sage ich.

Doch Woods winkt ab: „Hazel ist schon dran. Für Sie habe ich eine andere Aufgabe." Er geht aus seinem Büro zu einem der kleineren Büros, die für Besprechungen genutzt werden. Er öffnet die Tür und winkt mich herein. „Sie spricht nur mit Ihnen."

Er sagt es, als wäre es das Natürlichste der Welt, dass ich nun mit einem Kind reden soll. Ich weiß nicht einmal, was sie für Informationen haben könnte. Doch bevor ich Woods etwas fragen kann, ist dieser schon wieder verschwunden.

Die Kleine sitzt auf dem Boden und spielt mit einer Puppe, die sicher Hazel für sie besorgt hat. Ich habe keine Ahnung, was ich sagen soll.

„Du trägst aber eine schöne Kette," sage ich, als mir der silberne Reif um ihren Hals auffällt. Die Kleine setzt sich gerade hin und zieht das Ende der Kette aus ihrem kleinen Kleidchen. Ich traue meinen Augen kaum. Hat denn niemand die Kleine untersucht?

„Das war ein Geschenk," sagt die Kleine mit trauriger Stimme. Vor meinen Augen schwingt der Anhänger hin und her, den ihre Mutter bei der Gala getragen hat.

„Darf ich die Kette meiner Freundin Hazel zeigen?" frage ich, um die Kette ohne lange Diskussionen zu erhalten.

„Magst du Hazel?" fragt die Kleine, ohne mir eine Antwort zu geben.

„Ja, ich mag Hazel," gebe ich zu. Irgendwer hatte mir einmal gesagt, dass kleine Kinder Lügen sehr schnell durchschauen und ich wüsste auch nicht, was die Kleine mit dieser Information anfangen könnte.

Sie nimmt die Kette ab und reicht sie mir: „Wenn du die Hazel magst, dann darfst du sie ihr auch schenken."

Ein kleines Lächeln huscht über ihr Gesicht. „Ich komme gleich wieder,“ sage ich und streiche ihr über den Kopf. Sie nickt und widmet sich wieder ihrer Puppe.

Epilog

Die Sonne scheint, während Hazel mit Corina eine Sandburg baut. Der Strand ist nicht besonders gut besucht, weswegen wir ihn ausgewählt haben. Morgen wird Corina in eine Pflegefamilie kommen, die nichts von ihrer Geschichte weiß, aber heute sollte sie nicht in einem trostlosen Raum sitzen und die grauen Wände anstarren. Heute soll sie noch einmal unbeschwert sein und den Start in ein neues Leben mit schönen Erinnerungen beginnen können.

Hazel kümmert sich rührend um die Kleine. Sie wäre eine gute Mutter, wenn ihr Beruf nicht wäre. Vielleicht werden Hazel und ich eines Tages ein eigenes Kind haben, vielleicht auch zwei. Er muss schmunzeln bei dem Gedanken, wie Hazel mit zwei Kindern in der Küche steht und Kekse backt. Jene Hazel, die mit allerhand Küchengeräten den stärksten Mann brechen kann, um Informationen zu erhalten.

„Was?" fragt Hazel, als sie meinen Blick und mein Schmunzeln entdeckt.

„Nichts," antworte ich und setze mich zu den Beiden in den Sand. Vielleicht werde ich es ihr eines Tages erzählen. An dem Tag, an dem wir unseren Beruf aufgeben und uns für ein eigenes Leben entscheiden.